KB053043

하늘에게
땅에게
사람에게

하늘에게
땅에게
사람에게

닐숨 박춘식 靈詩集

리북

■ 차 례

하늘에게

땅에게

사람에게

덧거리 글

하늘에게

거룩한 하늘에서
지혜를 파견하시고
당신의 영광스러운 어좌에서
지혜를 보내시어
그가 제 곁에서 고생을 함께 나누게 하시고
당신 마음에 드는 것이 무엇인지
제가 깨닫게 해 주십시오

지혜서 9:10

하늘에게

묻는다
흰 당나귀 타고 시골 가는
백석은 자야를 껴안고 가는지
김종삼은 요즘도 묵화를 그리는지
울음이 타는 강가에서 박재삼은 지금도
홍도야 울지마라 흥얼거리는지
또 묻는다
시인들이 모세의 기적을 체험했는지
윤동주 이육사 정지용 보고 싶은데
하늘 비자는 어디서 발급받는지
정하상 성인이 레오나르도 다빈치와
마신 술이 막걸리인지 포도주인지
거기도 커피 종류가 많은지
하늘에게 묻는다

동그랑쇠

하느님과 놀이를 한다면
숫자놀이 은행놀이 자석놀이 할까
다음날 하느님이 동그랑쇠를 들고 와
같이 굴리며 놀았다 그때
높다란 집 근엄한 어른이
정삼각형 바퀴를 주면서 즐기라고 한다
잠시 후
마을 아이들이 별 바퀴를 굴려야
하느님께 어울린다고 말한다

하느님은
그런 것은 잘 굴러가지 않아 재미없다
하시며 동그랑쇠로 뛰어다니셨다
갈수록 솜씨가 붙어
산에서도 굴리고 땀 뻘뻘
들판을 달리고
끝내 하늘 마당까지 올라가
신나게 굴리며 놀았다

그날
하느님은 철없는 아이 같았다

빛을 받고 싶다

나는 성당을
둥글게 짓고 싶다 제단을
한가운데 원반 무대 위에 올리고
주일미사는 아주 느리게
한 바퀴 돌아가도록
설계하고 싶다

하느님의 날
하느님의 집에서
자전自轉의 사랑과
공전公轉의 빛을 받고 싶다

령시靈詩를 만나고 싶다

언어의 성사聖事인 시는
진선미를 그림으로 보여주는 보석,
그래서 시는 늘 향기로운가 보다
이제, 시를 지을 때
단단한 껍질을 벗기고
더 안으로 더 깊이 파야지 그리고
한 마당 크게 휘돌고 씨앗까지 삼키면서
심연 그 어드메 숨어 있는
성聖을 만나고 싶다
홀로 하늘을 돌아다니고 가끔
심연의 바닥을 산책하시는
그분과 함께

봉헌 축일

감나무는 바람을 부른다
감나무는
하늘 감나무가 되려고 하늘만 바라본다
하늘 사랑을 받는 감나무는
그윽한 하늘 미소를 짓는 감나무는
우뚝 서 있지만
본디 자기 것은 하나 없다

꽃이 땡감을 만들면 빨갛게 선물로 익고
마지막 감은 새가 되어 하늘로 오른다
햇살을 쥐고 바람을 잡으면서
하늘에게 고이 돌려 드리는 감나무
실뿌리까지 드리는 감나무, 그래서
감나무는 올리브 나무와 함께
하늘만 바라본다

사랑은 진동이니까

창세기 삼 분 전
하느님의 고민
―내가 진동임을 어떻게 보여주나―

그렇지
그렇게 하면 될 거야
사람의 눈동자에 광파光波를 붙여주면
거룩하신 영이 감돌기 시작하고
굴러가는 바람으로 피부를 만지면
고막을 울리는 음파가 춤을 출거야

이날부터
부동자세의 눈에는
사랑이 보이지 않는다

하느님의 손길

졸리는 눈을 비비는 별
새벽을 배달하는 학생
종탑 높은 십자가
까치 날개의 멋진 곡선
몸을 감싸는 상큼한 바람
버스의 손잡이
해변의 벤치와 피뢰침
연탄집게와 수술실의 핀셋
느티나무의 잔잔한 가지
천지인天地人 가득가득
하느님의 손길이다
보살피시는 연연한 손길이다

봉헌을 봉헌하면서

몸으로 오신 주님께서
가루로 고통을 반죽하여
이제는 빵으로 저희에게 오시니
그 길 따라
저희는 촛불로 주님께 다가갑니다
남김없이 드리며 나아갑니다
저희 몸과 마음 쪼개고 깨뜨리면서
핏줄로 현악기를 빚고
뼈대로 관악기를 만들어 연주합니다
주님께
봉헌을 봉헌하면서
두 눈을
눈동자 하나로 만듭니다

하늘 고향으로

운우가 한 덩어리 되더니
뜨거워진 알몸이
하늘을 오른다

하느님이 미소 지으시며
피 묻은 씨앗 안으로
숨을 불어 넣으신다
—너의 출생지가 하늘임을 기억하거라—
그 순간부터
생명은 자궁에서
숨 쉬는 법을 배운다 그리고 태몽으로
하늘에서 출생신고를 마쳤다고 보고한다

여름을 만나고 보내고
또 만나고
등짐으로 언덕을 오르면서 헉헉거린다
잠시 어줍게
잠시 말끔하게 웃다가 울면서
몸을 벗고
출생지 하늘 고향으로 날아간다

오월에는

하느님 안에서
하느님을 뵈옵지 못하는
어리석은 이 몰골을 살피소서

하늘 어머니

간절한 염원을 보시고
오월에는
어두운 눈망울을
솔잎 한 가닥만큼 열어 주세요

너무 좋으신 하느님

첫째, 잔소리 안 하신다
눈에 보이지 않아서 편하고 좋다
큰 죄인을 마냥 기다리며 끝까지 참아주신다
넷째,
사고 치고 도망가면 조용히 수습하신다—
상상보다 너무 단순하시고 순수하시다—
지구에게 자문을 구하여
하나 고른 다음
우뚝 깃발을 올려야 하겠다

니체를 생각한다

우주를 고뇌하던 니체
―신은 죽었다
간디는 솔직하게 말했다
―그리스도는 좋지만 그리스도교 신자는 싫다
살바도르 달리는 콧수염 높여 인터뷰할 때
―신의 존재는 믿지만 신앙은 없다

이들을 만나면 큰절을 드리고 싶다
하느님을 공경한다면서 나는 수시로
무시로 하느님을 죽였기 때문이다
죽었다
죽였다
엄청 다른 뜻이므로
신神은 타동사를 초월하므로

우주 바다

강물은 바다로 간다
모든 겸손은 바다로 모인다
거기서 사랑을 음표로 그려
바다와 물을 만드신 분에게
생명의 노래를 드린다

우주의 모든 흐름은 어디로 모이는가
전자 계산기로 셈 할 수 없는
무지막지한 별들은
어디로 흐르는가
별빛의 진동은 어디까지 뛰어가는가
우주에도
바다가 있어야 하겠다

천명에 순종하다

대천사가 전하는 천명天命 앞에
—말씀하신 대로
—저에게 이루어지기를 바랍니다
이 말씀은 화두가 되어
마리아의 일생을 이끌어 간다

아들을 잃고 사흘을 헤매면서
—말씀이 이루어지기 바랍니다
광야의 아들과 함께 단식할 때
빌라도가 '이 사람을 보시오' 할 때
십자가의 핏빛 망치소리 들을 때
—말씀이 이루어지기 바랍니다
천의天意에 몸을 맡겨
천상 모후가 되신 마리아의 기도
—말씀이 이루어지기 바랍니다

령시인의 기도

신神의 깃발이 사람을 죽입니다
골드바 1%가
99% 동전을 노예로 만듭니다
정치 경제만이 세상을 바꾼다는 거만에게
대가리 숙이는 공부 먼저 하라고 일러 주소서

사악함을 쓸어 버려 달라는 청원 대신
주검 앞에서
하늘을 생각하게 이끌어 주시고
절망과 아픔을 먹으면서도
희망과 기쁨의 마음을
한 뼘 한 뼘 넓혀 주소서
깡소주로 주먹 흔들지 말고
엄마 없는 아이에게 막춤을 선물하게 하소서

명령 교도 지시하는 얼굴로 분칠하기보다
하느님의 눈으로 새까만 눈물을 보고
아드님의 발로 골목 밤길을 다니며
성령님의 손으로 상처를 보듬어 주소서
깜깜한 마음 안에
촛불 하나 하나 밝히게 하소서

땅에게

하느님
당신은 저의 하느님
저는 당신을 찾습니다
제 영혼이 당신을 목말라합니다
물기 없이 마르고 메마른 땅에서
이 몸이 당신을 애타게 그립니다

시편 63:2

땅에게

엄마는
오늘도 짐승들을
나무들을 품고 기뻐하신다
여름 내내 허덕거리다가
어쩌다 몸부림을 치면
집이 무너지고 나무가 넘어진다
화를 참다 참다 산등성이가
불을 토하면 사람들은 도망간다

주님은 지진 가운데 계시지 않는다고 하는데
사람들의 짓거리가 엄마의 가슴을 파고
나무가 엎어지면 사막이 일어선다
엄마가 화를 내면 어쩌누
땅에게
머리 숙여 잘못을 고한다

광야로 가자

예언자 입으로
사막의 마음으로 간절한 그분
메시아는 어디쯤 오시는지

광야의 지팡이 앞에서
거짓과 위선을 버리고
끈질기게 달라붙는 오만을 내던지면서
자루 옷을 입고 그분을 기다리자
낙타 털옷의 외침이
마음을 뚫고 영을 흔들면
그분을 가까이 뵈올 수 있으리라
우선
광야로 가자

천 년 전 예약

서울 밤하늘에 별이 찾아왔다
초대하지 않았는데 나타났다
자리를 달라고 하지만
모든 것이 예약
정원 포화 상태이다
별이 조용히 부탁한다
천 년 전
그 전에 예약하였으니
기록을 찾아보고
자리를 마련해달라고 한다

술잔을 높이 들자
하이템포는 춤을 춘다
서울의 밤은 빈틈없이 만원이다
터지는 불꽃이 순간 어둠을 삼키지만
하늘 높은 곳에는 영광의 불꽃이 어지럽고
거멓게 포장된 땅에서는 함성이 가득하다
금방 번쩍
금방 사라지는 불꽃

서울 밤하늘의 별은 시골로 내려간다
송아지와 낮은 언덕
가난과 양 몇 마리
떡국 서너 그릇 그리고
기다림이 있는 시골로

순교자 성월에

첫사랑의 미소를 그리면서
서낭당으로

장승 같은 풋사랑으로 위안을 받고
납작한 돌 하나 돌탑에 끼워 넣는다
두 손을 비비면서
귀신이란 귀신을 두루 올려다보고

그윽한 어느 초저녁
'천주실의'를 만나
밤을 지새워 가며 궁리

만날 쳐다보던 하늘이
그저 멀겋게 비어 있는 하늘이 아니라
하늘에도
눈이 있고 입이 있고 귀가 있고
생명이 있고 부활이 있고
……
끝없는 끝사랑으로
순교를 껴안고
구월의 하늘을 뚫는다

빛의 신비 5

은하수를 광년으로 산책하시는 그분이
시침時針 안으로 들어오시다니
1분一分에 웃고
오 분五分에 우는 사랑의 표본이 된다
사랑 안에서
사랑으로 넘치시는
그분이 골고타의 길을 밟기 전에
어찌 그런 생각을 하실까
어찌 그런 묘수를 보여주실까
팥소가 아니고
아예 빵으로 변신, 먹이가 되시다니
지구를 통째 감실로 만드시다니

예를 갖추어
빛의 신비 5단 앞에 묵배默拜

령시靈詩

내가 쓰는 詩는
령시靈詩로 가는 허물이다
얼마나 많은 허물을 벗어야
령시가 보일런지 가마득하다

일순도
모음과 자음을
놓치지 않으리라
바람이 안고 오는
신비스러운 향기를
놓치지 않으리라
령靈이 보일 때까지

나도 쓰레기다

잘난 사람이 왕이다
자기 마음대로 오고 간다
탱크를 앞세우고 꼴리는 대로
아이들을 불러 짓누른다
알맹이를 빼먹는 정치까들이
버리는 쓰레기들
구름 위로 쓰레기들이 마라톤 달린다
하늘에서 하늘을 보고도 기도하지 않는다
이름 좋은 산에도 이름 있는 쓰레기
바다 쓰레기는 커다란 섬을 만들고 있다
아이들이 쓰레기 더미를 껴안고
골목대장 노릇 한다고 까닥거린다

쓰레기를 욕하는 나도
쓰레기이다

착한 목자

그분 그림자 뒤에 서서
착한 목자 되려다가 엎어졌다
일어나 모랫길을 걷다가
또 엎어졌다 다시 일어나
절망기도를 바치면서
멀찌감치 그분을 뒤따라갔다
그가 넘어질 때마다 주위 양들은 부동자세
그가 일어날 때는
양들이 평화를 먹고 풀밭을 뒹굴었다
그는 어제도 밤늦게 십자가를 부여잡고
저는 착한 목자 자질이 없는 듯합니다
어이 할까요
침묵과 어둠을 곱씹으면서 울었다
슬프게 윽윽 울었다

마다리푸대옷

초대를 받았다
황야를 걸어야 하고
바위산을 넘는 40리 돌판 길이다
청바지가 좋을지
감색 양복이 좋을지
옷 가게 들어서니 많은 사람이
저마다 초대장을 들고 마땅한 옷을 찾는다
돋보이는 색상과 비싼 옷감을 만져본다

사순절 기도 모임으로
초대장을 보내신 그분은
마다리푸대옷을 입고 기다리신다는
소문이 들리지만
설마, 갸웃거린다

그게 아닌데

리모컨으로 아침을 열면
신상품 대박 보험 시세 로봇
돈 돈 돈 이야기뿐—그게 아닌데

정치까들은
숨 쉬듯 복지 행복 국민 헌신 봉사 등을 말하고
숨 죽이듯 돈구멍 돈줄을 살핀다
그리고 각 분야 지도층은
출연료 더 높이 받는 일에 마음 쓴다
듣거나 말거나
입은 부산하게 놀린다—그게 아닌데

아이들에게
행복에 대한 단어를 보여주지 않고
밤낮 성공하라는 말만 한다
돈 권력 출세가 성공이라고 부추긴다—그게 아닌데

주변에
마음으로 말하는 입이 없다
마음으로 바라보는 눈이 없다
깊은 마음으로 글을 쓰는 손이 없다
눈물이 안 보인다—그게 아닌데

닐숨nil-sum

왜관 수도원 성당에 무릎 꿇고
파이프 오르간 안에 모여 있는
천 년의 그레고리오 성가를 바라본다
그때
실오라기 하나가 하얗게
내 눈동자 앞에서
한 뼘 유연하게 올라갔다가
천천히 옆으로 날아간다
따라가려고 한쪽 무릎을 들었지만 그만 놓쳤다
그 순간
욥의 기도가 나타났다

—저 자신을 부끄럽게 여기며
—먼지와 잿더미에 앉아 참회합니다 (욥기 42:6)

야고보 나모 춘식 방지거 은비얼 촌식
이름을 차곡차곡 접어 깔고
그 위에 엎디어
새 이름으로 참회한다
닐숨nil-sum으로 속죄한다

* nil sum = Ego sum nihil = I am nothing

40

빛날개

두 발 두 손으로 재주를 뽐내며
돈을 모으고 물건을 만들지만
하느님을 외면하면 만사가 허사 된다
어릴 때 어머니가 붙여준 날개는
등뼈 안으로 숨었다
죽을 위험이 있을 때
날개를 꺼내어 도망치라고 한
어머니의 말이 들리는 듯
가물거린다

위험을 만나면
주님의 날개 밑으로
피신하거라

슬픈 낙엽

까불거리며 재주를 부렸는지
오만한 꼬라지로 잡혔는지
알 수 없지만
잎자루가 거미줄에 단단히 걸려
바람개비로 돌기만 한다
흙의 따스함을 모르면서
칼바람을 어찌 견디려누

둘이 함께 누우면 따뜻해지지만
외톨이는 어떻게 따뜻해질 수 있으랴? (코헬렛 4:11)
성경 말씀도 거든다

지문으로 인사한다

나다, 한마디 던지면
아파트가 열리는 요즘
지문指紋 신분증이 놀랄 일 아니지만
나는 매일 아침 땅바닥에
열 개의 지문을 꾹꾹 눌러가면서
지구에게 아침 인사를 한다
백두대간 손가락으로 응답하는 지구가
낮은 구름으로 미소를 짓고
가끔은 눈물을 보여준다
그때 다니엘서(3:74)가 노래 부른다
땅아
주님을 찬미하여라
영원히 그분을 찬송하고 드높이 찬양하여라

허상

눈에 보이는 것이 실재實在인 듯
오관으로 인식된 허상虛像이 현존現存인 듯
허상이 내 것인 듯 그리고
내 것이 영원하기를 바라며
평생 살아왔다

보이는 것을 희망하는 것은
희망이 아니다*

허상은 허상으로 배설된다는 것을
깨달은 순간 내 꼬라지가
울타리 밑에 찌그러진 호박처럼 보였다

* 로마서 8장 24절

사람에게

보소서
당신께서는 제가 살 날들을
몇 뼘 길이로 정하시어
제 수명 당신 앞에서는 없는 것과 같습니다
사람은 모두 한낱 입김으로
서 있을 뿐

시편 39:6

사람에게

그 사람 연봉이 얼마인데
그 사람 자동차는
대학과 전공이 돈 되는 건가
그 사람 부수입은 얼마일까
그 사람 얼마짜리랑 결혼했는지
그 사람 몇 년 후에 사장 되는고

시간을 갉아먹는 세상에
미소가 고여 있다면 넉넉하리라

사람 냄새나는 사람은
어디 가서 찾는지 사람에게 묻는다
하늘 향기의 하늘 사람은
어떻게 찾아야 하는지 또 묻는다

짓궂은 분

사람 마음 안에 들어오시려고
가슴을 뚫어 틈을 만드신다
이분은
이렇게 짓궂은 분이시다

고통은 이분의 손짓이고
아픔은 이분의 종소리이다
자주 생각해달라고 또
기도 한마디 듣고 싶다고
시도 때도 없이 집적거리신다
이분은
사랑의 뜨거움을
아픔으로 보여주신다

70년 살았는데

아직 숨 쉬고 있다는 것은
자루 옷으로 속죄하라, 는
아니면
하늘 심부름이 끝나지 않았다, 는
천명天命이 있기 때문일까

천명은 낮은 몸으로
침묵으로 온다는 것을 깨달은 날
길쯤한 서쪽 노을이
마지막 길로 보인다

죽은 다음에는

지금은 희미하게 하느님을 보지만—죽은 다음에는
환하게 본다는 성경 말씀—틀린 말은 아니지만
많이 비약한 듯—이승과 저승의 다른 모습을 비교
하고 있지만—아무리 순수한 영이라도 하느님을
환하게 본다는 것은—과장이 심한 듯—하느님의
눈썹만 바라보아도 도저히 다 볼 수 없는—두려움
과 환희가 터지도록 충만하리라 여기는데—어질어
질하다가—어느 날 하느님의 이마를 바라보게 되
면—이성과 감성의 한계를 지키지 못하고—흐물흐
물 환희의 용암처럼 녹아내려—한참 한참 후에 겨
우 정신을 가다듬을 수 있으리라—여깁니다—짐작
합니다

모닥불 앞에서

별을 향하여 날아오르는 불꽃
이글이글 밑불은
아픔을 참느라고 중얼거리며 기도를 바친다

모닥불이 뜨거운 심장을 가진
생명으로 보이더니 잠시 후
참회하는 두 손으로 다가온다
바람결에
불길은 기린처럼 머리를 치켜들면서
먼 사막 조상을 인도한 불기둥의 후손인 듯
생태生態의 단면을 보여준다

모닥불 앞에서
난생처음 무릎 꿇어
불덩이를 응시하며 합장을 한다

성주간의 염원

어린 나귀 뒤따라
하늘 도읍에 와 보니
별들이 가물가물 누워있습니다
불장난하던 고집통들이
바람 물 흙 바닥에서 다투고 있습니다
하늘 사랑으로 빵을 나누시는 분이
십자가의 길을 하늘까지 이어줍니다
죽음의 언덕이 묵묵히 빛을 기다립니다
첫새벽 눈부시게 터지는 돌무덤 위에
봄 소리 가득합니다

성주간 염원은
오른쪽의 죄수입니다
예수님, 저를 기억해 주십시오

내 얼굴은

가르치는 얼굴이 아니다
배우는 얼굴도 아니다
너 나 없이
가르치려고 높다랗게 목덜미를 세우니
봄 여름 갈 겨울
내 얼굴은
엷은 미소까지 바위 밑에 숨겨둔
덤덤한 얼굴이 되어간다

지친 내 얼굴이
바다를 처음 보는 아이 모습으로
변할 수 있을까

고통 상자

아프면 어떡하나
—어떡하긴 그냥 아픈 거지

하느님께 따져봐야지
—벌써 꼬치꼬치 따지면서 대들었어

그런데도 왜 계속 아프지
—선물이래, 고통이 무슨 선물이냐

할 말 없네
—나도, 선물을 열어보기가 무서워

며칠 후
선물 상자를 열어 본 날
그 아픔은
두 날개로 높이 날아갔다
새가 되어

일부다처

인구 1억이 넘어야—그 나라가 큰일을 할 수 있다
—라고 주장하는 분이 많은데—시인 만해도 그중
한 분이다—갈수록 사람이 줄어들고—아이를 낳지
않은 부부가 절반을 차지한다면—머지않아 국영
탁아소와 국영 유아 교육 또 청소년 교육 등등 법
제화 되겠지—이혼 문제와 동성애 문제로 설왕설
래하는 로마의 바티칸—종교끼리 눈치 보는 가정
문제—창조주 뜻을 가늠하기가 점점 어려워지겠지
—인간복제 문제로 국가와 종교가 혈전을 불사할
때—로봇이 나서고—인간은 퇴화의 골목길을 걷겠
지—그리고 국가가 주도하는 일부다처 제도가 생
기고—그나저나—남성부 장관이 선발하는 우량 사
나이에 합격한 머심아는—디기 좋겠다—밤낮 히히
웃으며—억시기 고달프겠다

나는 나 먼저

나는 나 먼저
백로처럼 성호를 긋고

나는 나 먼저
개미에게 겸손을 배우며

나는 나 먼저
흰고래같이 기도하면서

나는
나 먼저 높이 솟아
하늘을 날고 싶어라

신의 걸작품

여체女體를
창조주의 걸작으로
기립 박수하는 예술가들

여자의 아름다움은
보는 이의 얼굴을 밝게 해 준다 (집회서 36:27)

거시기
여체도 좋지만, 내 눈에는
흰돌고래가 최대 걸작품
그 빛깔과 곡선은
그 누구도 침범할 수 없으리
다음은
고추잠자리
그다음 여체의 볼륨

헛살았다

죽음을 십리 길로 놓아두고
뒤돌아 지난 세월을 본다
헛살았다
이 말이 입으로 나오지 않고
눈물로 떨어진다
욕심을 부려
주위를 헝클어 놓았던 일들이
정신 병동을 들락날락한 것 같아
쓰디쓴 맛이 번진다

주님
저희는 모두 얼굴에 부끄러움만 가득합니다
저희가 당신께 죄를 지었기 때문입니다 (다니엘서 9:8)

손이 말한다

손을 펴면
손가락들이 말한다
시끄럽게 자기 자랑만 한다
주먹을 쥐면
조용하다
다섯 바퀴의 동작이 하나가 된다
팔 어깨 머리 구름 하늘로
길게 이어진다

성소를 향하여 손을 들고
주님을 찬미하여라 (시편 134:2)

박 아가다

막내가 저승 문을 먼저 열어
언니들 마음을 뒤흔클어 놓았다
누구의 죄를 속죄하는 것인지
엉뚱한 병을 허리로 껴안고
깜깜한 사막 길을 말없이 홀로 걸었다

시골 형부는 영문학 전공한 아가다와
외국 성지순례를 함께 가게 되면
콩글리시를 보여주려고 했다는데
모든 꿈이 먼지로 날아갔다

그 안쓰러운 육체를 벗었으니 이제
참 가뿐하겠다
하지만 가끔 불쑥 보고 싶을 때는
멍하니
언니들은 그저 고개를 쳐든다
부러진 나뭇가지 사이를
하늘은 엷은 미소를 그리고 있다

* 박은경 아가다 1962김포 ~ 2015서울

땅 사람

내가
땅을 세울 때
너는 어디 있었느냐?
네가 그렇게 잘 알거든 말해 보아라

욥기 38:4

땅 사람

몇 평 되는 땅으로
까불거리는 땅 사람을
공간으로 보면 먼지도 아니다

하늘의 말씀이 땅에 울린다
그래 지구라는 땅에서 한 번 살아 보아라
생명이 무엇인지 사랑이 무엇인지
신神이 무엇인지
이 정도라도 바로 깨달으면, 그다음
다른 차원에서 나랑 더 큰 일을 해보자
땅은 발판이 아니다
땅은 눈꼽보다 적은 먼지일 뿐이다
땅을 벗어나면 너는 날아다닐 것이다
하늘 사람이 되기 전에 기초체험을 하는 존재가
땅 사람이다

교회는 그물이다

갈릴래아 물결이 그물을 만들고
어부들은 그물에 꽃을 묶어 걸어둔다
고기들이 그물과 함께 노래 부른다

한 때 금송아지로
또 바벨탑으로 흩어진 사람들이
이제 그물로 모인다
말씀의 끈으로 그물을 새로 만들면
낮은 강으로 낮은 호수로
그물은 펀펀해진다
사랑의 매듭이 새로운 매듭을 만나는
교회는 그물이다

마지막 영어 공부

I am a boy—You are a girl—영어 공부 첫 시
간—1951년 중학교 1학년—영어를 가르치는 수녀
의 목소리가 아른하다—지구는 둥글다—오대양 육
대주라는 말을 배운다—그러면서 I am a boy는 I
am a man이 되고—I am a gentle man—man
—man—man—세월이 가르쳐준 잡다한 지식들—
스스로 잘난 체 하늘 높이 오르다가—땅으로 곤두
박질친다—자빠지더라도 늘 대문자로 걸어왔다—동
양이 무엇인지 서양이 무엇인지—수풀이 무엇인지
사막이 무엇인지—나이 75에 도착한 곳—I am
nothing—마지막 영어 공부는 i am nothing

침묵은 령으로

자동차 모나리자 박사논문
별장 도서관 빌딩 마녀들을 사들인다
교회 호화선 골프장 우주항공회사 등등등
최고급을 손에 넣은 돈 가방이
오늘은 침묵에게 흥정을 한다
대답이 없다
천 번 쑤셔도 천 번 잠잠
지쳐 나자빠진다
침묵은 돈을 알지만
돈은 침묵을 바보 등신으로 여긴다
돈은 자기 꼬라지도 모른다

촛불 하나 더

진보라 대림 촛불이
내 영혼을 가만히 보던 날
하늘은 저만큼 내려왔다
촛불 하나 더 빛나던 날에는
시나이 산은 천둥 번개로 고함을 치고
사막의 모래언덕은 부르르 떨었다
별들이 계단을 만들고
하늘 문 앞에
어린 나귀가 조용히 서 있다

촛불이 발돋움할 때마다
마음속에 칡넝쿨을 뽑고
돌길을 서둘러 낮추어야 하겠다

다들 떠나가는 11월에

유서를 쓰고 싶다

허물이 저지른
온갖 허물을 용서해달라고
많은 은인들에게 감사드린다고
잠자리 물지게 옹기굴 미루나무에게
마실 앞 냇물에게 잊지 않겠다고
뒤뜰의 다람쥐에게
예쁜 식탁을 만들지 못해 미안하다고
숨이 빠져나간 껍질 위에 시집詩集을 덮어
마지막 뜨거운 번제를 올리고 싶다고
그리고, 하늘 어머니께
큰 죄인 저를 위하여 빌어주소서
일곱 번 기도해달라고

유서를 쓰고 싶다
다들 떠나가는 11월에는

시월 장미

오월의 장미를
시월에 가꾸는 정성은
하늘만이 알고 있다

꽃으로 밥 먹는 가난을 짓밟는 오만
죽어가는 꽃들을 멍하니 보고 있는 독선
조화와 생화를 구분 못 하는 정치까들
꽃배달이 늦었다고 돈 안 주는 사기꾼
악취
가득한 이 땅을 위해
매일 장미를 손질하며
한겨울에도 향기를 나누어주는
미소가 있다 정성이 있다

어머니의 마지막 자장가

(1)

야고보야	야고보야	자장가를	불러주마
죽음앞에	허망세월	허물가득	부끄럽다
하느님이	부르시면	두말없이	가야하고
모든잘못	용서빌고	기도하며	가야한다

(2)

사람들의	본고향은	하늘나라	분명한데
우리들은	하늘대신	땅만보며	살아왔네
하느님이	부르시니	어떤선물	준비할까
죄송하고	부끄러워	이런낭패	어떡하지

(3)

가지가지	많은잘못	두손모아	용서빌고
모든앙금	내려놓고	용서로써	화해하자
지난세월	돌아보며	주님은혜	깨닫고서
기적으로	살았음을	감사감사	드려야지

(4)

아픈마음　가쁜숨을　깊은잠에　덮어두고
이제다시　눈을뜨면　하늘빛이　보일거야
날개펴서　올라가면　하늘가족　만날거야
하늘마마　요셉성인　감사인사　드려야지

(5)

이세상의　모든영광　하느님께　드리면서
구원이신　하느님을　사랑으로　노래하고
자애로운　보호섭리　허리굽혀　인사하자
하느님께　감사찬양　하느님께　찬미흠숭

열두 대문

큰 부잣집에 들어간다
돈도 많고 높은 사람도 많은 집이다
담이 겁나게 높다
무서운 개들이 으르렁거리고
대문마다 경고문이 가득하다
말 안 들으면 파문한다
고개 뻣뻣하면 시골로 쫓겨간다
모든 것이 화려하고 편리하다
숨을 죽여야 한다
자기 맘대로 노래 불러도 안 된다
춤을 추어서도 안 된다
근엄한 얼굴을 본보기로 살아야 하고
크게 웃으면 미움 받는다
열두 번째 문에
'하느님은 사랑이시다' 라는 팻말이
황금 높은 지팡이 위에 걸려있다

너무 어둡다

등불을 밝혀
길을 보여주어야 하는 사람들이
창고에서 등을 꺼내지 않는다
별빛마저 가리고 있다
바다 위에는 아이들의 일기장이 울고 있다
도둑들이 좋아하는 어둠이지만
너무 어둡다
저녁 밥상을 앞에 두고
밥인지 김치인지 안 보여 더듬거리기만 한다
마누라를 껴안는다는 것이
시집 못 간 딸의 쭈굴 가슴을 만지며 헉헉거린다
돌림병을 도리질하며 웃고 있다
금딱지로 하느님 얼굴도 포장했다
부처님도 금 옷을 입고 있다
판사가 깜깜한 법정에서 탁탁탁 무죄라고 한다
나가는 문도 안 보인다
너무 어둡다
이 땅이 너무 어둡다

성체대축일 미사에

손 위에 손을 펴면 새하얗게
침묵이 내려오신다
그리고 눈으로 먹는다
손으로 먹는다
입으로 먹는다
소리로 먹고 냄새로 먹는다
온 천지 하느님을 온몸으로 모신다
천상천하 하느님을 가득 채우고 바라보니
하느님이 나를 먹고 계신다
—이제껏 몰랐구나
—더 맛나게
—더 정갈하게 준비할걸

길바닥 건반

녹색 불이 켜지면
피아노 연주가 시작된다
횡단보도를 두드리며 하루의 문을 열면
거리에는 노래로 즐겁다
달리는 바퀴 소리
랩으로 들리는 사람들
연주는 가로수까지 껴안고 하늘을 향한다

도시의 아침기도는 소란스럽지만
어느 날은
눈물겹도록 뜨거워지기도 한다

성경가사 1_ 천지창조

옛날옛날 그옛날에 하느님이 말씀으로
우주만물 창조할때 사랑으로 만드셨네

첫째날에 하느님이 빛생겨라 말씀하자
환한빛은 낮이되고 어두움은 밤이됐네

둘째날은 물을갈라 하늘구름 펼치시고
땅의물길 만드시니 보시기에 좋았다네

셋째날은 물을모아 바다되고 땅이생겨
풀과나무 돋아나며 초록세상 아름답네

넷째날은 하느님이 해와달을 높이걸고
반짝이는 별을달아 사계절을 이끄시네

닷샛날은 산새들새 물고기를 만드시고
종류마다 복을내려 세상가득 채우셨네

엿새날은 하느님이 온갖짐승 만든다음
하느님의 모습으로 남자여자 지으셨네

이렛날은 쉬시면서 사랑으로 둘러보며
손수지은 모든창조 참좋구나 축복했네

성경가사 2_ 에덴동산

사랑이신 하느님이 진흙으로 아담빚고
생명숨결 불어넣어 살아있는 사람됐네

아담가슴 이어내어 예쁜하와 만드시니
내몸에서 나온새몸 아담기뻐 환호하네

하느님의 축복으로 남자여자 한몸되어
아들딸을 많이낳아 행복하게 살라했네

풍요로운 에덴동산 온갖행복 다가져도
선악아는 열매만은 먹지말라 이르셨네

악마뱀이 속임수로 하와아담 유혹하여
하느님과 같아진다 선악과를 먹게했네

하느님이 두려워서 숨어버린 아담하와
불러내어 물으시니 서로서로 핑계대네

여인후손 발꿈치에 뱀의머리 밟히리라
여자에겐 해산고통 남자에겐 노동고통

흙에서난 아담하와 흙먼지로 돌아가라
낙원에서 내치시고 영생의문 닫으셨네

하늘 사람

나는
하늘에서 내려온 살아 있는 빵이다
누구든지 이 빵을 먹으면 영원히 살 것이다
내가 줄 빵은
세상에 생명을 주는 나의 살이다

요한복음 6:51

하늘 사람

대기권이 하늘이라면
나는 하늘 사람이다
너도 하늘 사람이다 우리는
마당 가득 별을 그려야 하는데
하늘 물감을 옆에 두고도
금 두꺼비를 그리고
하이힐은 빨갛게 스포츠카는 노랗게 칠한다

오만 데 넘치는 사람의 쓰레기는
땅에서 바다에서 뛰어다니더니 이제는
하늘까지 범하고 있다
쓰레기는
천년 숙성시키면 별이 될 수 있을까

하늘 사람의 시름이
천지인天地人의 호흡 안에 잠긴다

이마의 눈

사람 = 몸 + 마음 + 영靈

1) 내 몸 + 너의 마음 = 교육
2) 내 마음 + 너의 마음 = 가정
3) 내 몸 – 내 영 – 내 마음 = 한국 정치 악취 경제
4) 내 마음 + 너의 영 = 우리 문화
5) 내 영 + 너의 영 = 시·그림·노래 … 예술

사람 + 사람 = 자연 생명 조화

하늘을 품고 있는 사람의
이마에는 언젠가
우주의 눈이 열리리라

대역풍 大逆風

뿌리째 찢어진 나무가 일어서고
산으로 날아간 기왓장이 지붕으로 온다
소나무 위에 올라간 아기 모자가
엄마의 품으로 살포시 안긴다
두 차례 태풍이 지나간 다음
지중해에서 멀리
초대형 역풍이 찾아와 고을을 감싼다
그 역풍의 미소
그 역풍의 손길
먹먹한 마음
급히 야전병원으로 뛰어가
수술대에 누워
천막 틈으로 보이는 하늘을 보고싶다

새하얀 빵

멀리서 찾아온 이냐시오에게
젊은 형제가 바둑판을 들고 온다
프란치스코와 이냐시오는 종일
먼저 흰 돌을 놓으라고 서로 양보한다
다음날 백발의 형제가 바둑판에
검은 돌을 빈틈없이 가득 채워 온다
프란치스코가 검은 돌 하나를 뽑은 다음
그 자리에 하얀 돌을 놓자 번갈아
이냐시오의 미소도 하얀 돌을 계속 놓는다
며칠 후
프란치스코 형제들이 이냐시오에게
판잣집의 빵
꿈꾸는 빵
생명의 풋풋한 빵
평화의 빵
넘치도록 새하얀 빵을 채워주자 이냐시오는
아씨시 남쪽으로 걸어가며 빵을 나누어 준다
새하얀 빵 하나는 머리에 얹고 간다

5월 29일

주막 뒷방에서 십계명을 만난
삼강오륜이 머뭇거리더니 겸상을 한다
주인이 손님이 되고
손님이 주인 되면서 하늘의 진리가
땅에 내려와 참사랑으로 일어선다
느닷없는 모습을 보고
시퍼런 칼날이 어명으로 나타난다
그 칼을 안고
붉은 하늘 사랑을 보여주면서
구만리 장천 구름 위로 오른다
5월 29일의 새맑은 령靈들이
서소문 밖에서 전주에서
공주 대구 원주에서 그리고
믿는 이들의 마음 안에서
뜨거운 불길로 오른다

11월의 하늘

저승의 혼령들을
하느님께서
가시관으로 긁으며 문지르시는지
이승에서 올라오는
기도문으로 빡빡 닦으시는지
천둥 번개로 치대신 다음
갈릴래아 호수에 헹구는지
11월의 하늘이 어쩌면
저기 저렇도록 맑게
미소 지을까

오늘 보았다

성당에 가도 안 보이고
호수에도
길목에서도
하느님은 보이지 않았다
버스 정류장에도 안 보였다
그래, 그런데
오만가지 초침秒針으로 만든
시계 방석에 앉아 계시는
미소의 하느님을 오늘 보았다

순교자의 승천

아침마다 눈을 뜨면
하늘 높이 기도하면서
십자드라이버로 조이고
침묵으로 혼魂을 닦는다
엔진 상태와 추진력을 점검한다
매일 채우는 연료탱크에
삼덕송三德誦이 흘러넘친다
발사 날짜가 정해지고
강변으로
사대문 밖으로
로켓은 수레 위에 묶여 발사대로 간다
망나니의 칼날이 '예수 마리아'를 내려치면
그 순간
구름 위로 장엄하게 솟는다
수직으로 승천한다

엠마오

엠마오는 빵이다
엠마오는 말씀의 전례 길이며
함께 나누어 먹는 빵이다
평생 걷고 나누면서도
깊은 빵 맛을 모른다
뭐 조금 안다고
뭐 회전의자에 앉아보았다고
뭐 조금 배웠다고
고희에 올라서고 이제
희수喜壽의 하늘 길을 가면서도
빵 맛을 모른다
땅바닥의 미각은 사탕만 찾는다

임금이 아닌

로마제국 그때 역모로
신성모독으로 처형된
유다인들의 임금 나자렛 사람 예수
십자가의 그리스도 예수
그분은
임금이 아닌 궁궐 문지기였고
임금이 아닌 동서남북 바람이었다
임금이 아닌 나무로 시를 짓는 시인이었다
하늘 오르는 사닥다리를 만들고
끝 땅까지 가고픈 솟대의 맏형이었다
지금은 택배를 차려 무엇이든
갖다 주면서 사랑받고 싶어하는
외로움이 되셨다

마지막 문

공간에서
처음 만든 것이
벽이고 다음은 문이라면

맨발로 들어가는 문
모자를 벗어야 하는 문
쇠붙이를 내려놓아야 하는 문
알몸으로 들어가야 하는 문
삭발하고 머리 숙여야 하는 문
참회 눈물을 쏟는 문

처음 문은 몸을 입고
마지막 문은 몸을 벗고
나직이 여는 좁은 문이다

묵상 75

보이는 모든 것
그 안에
볼 수 없는 고향이 있다
바로
하느님이시다

안구 이동

걱정이다 계속 내려온다
처음 하늘을 향하던
안구眼球가 이동한다
카메라 눈도 따라 움직인다
머리에 머물던 눈동자가
오래전 가슴으로 내려왔다
이데올로기 따라 이동하는가, 아니다
이제는 그냥 제 혼자 움직인다
배를 채우는 데 열중한다
어느새
거시기까지 내려왔다

말들이

내가 했던 말들이
설익어
껍질만 나가고 속 알갱이는
아직도 집 밖으로 나서지 않고
집에 있다
천장에 붙어있다
단어들이 가지런하게 붙어있다
이제 입 다물고 살라는
하늘의 뜻인 듯
조용하다

가루가 되어

마지막 숨결이 몸을 빠져나올 때
이어
곧바로 가루가 되고 싶다
물 가루
뼛가루
살점 가루
피톨 가루
그렇게 온 하늘을 날아다니며
한참 구경하고
맘껏 돌아다니며
천 년 전에 가루가 된 분도 만나보고
만 년 전 강아지도 만나보고
마지막 기도를 애읍哀泣한다

주님
부디 저의 죄를 용서해 주십시오
저와 함께 돌아가시어
제가 주님께 예배드리게 해 주십시오 (사무엘상 15:25)

덧거리 글

제 잘못을
당신께 자백하며
제 허물을 감추지 않고 말씀드렸습니다
주님께 저의 죄를 고백합니다
그러자 제 허물과 잘못을
당신께서 용서하여 주셨습니다

시편 32:5

필명에 대하여

필명이나 호號가 서넛 가끔은 더 많이 가진 분을
봅니다
이렇게 많은 이름이 필요할까
그런데 지금 저의 필명에 대한 글을 쓰면서
필명이 많을 수 있구나―작은 깨달음을 가진
듯합니다

1960년부터(?) 동화를 쓰면서 '소년' 잡지에 발표할 때
'은비얼'이란 이름을 적었습니다
김승훈 신부가, 촌식아 은비얼이 뭐꼬? 하고
물었지만
대답을 미루었는데 지금 생각하니 많이 미안합니다
'은비얼'은 '은별'입니다

그리고 수필을 발표하면서 필명으로 야고보夜孤步
라고 적으니
최광연 신부가 한마디 했습니다
"그 이름 좋게 볼 수도 있지만 좀 으스대는 이름
같다"
홀로 고孤를 높을 고高로 바꾸라고 말하고는 곧이어
그것은 노골적으로 거만한데―거참 이름짓기가
어렵군―

시에 미쳐서 필명을
'나모'라고 적었는데 '나무'라는 단어의 고어이니까
그런대로 나무처럼 묵묵히 서 있다는 느낌을
가지기로 했습니다

2015년 5월 어느 날
왜관 성베네딕도 수도원 성당에서 잠시 기도하는데
내 얼굴 앞으로 하얀 먼지 하나가 한 뼘 오르더니
옆으로 내려가며 날아갑니다
계속 응시하는데 창 쪽으로 날아갔습니다
먼지보다 못한 나를 표현하는 법이 없을까
I am nothing 그러다가 생각하고
또 그 먼지를 생각하다가
nil sum으로 마지막 필명을 정했습니다
닐숨, 라틴어로 '나는 아무것도 아니다'라는
뜻입니다

무화과

올봄 그러니까 3월 중순쯤에
무화과나무 모종을 세 그루 샀습니다
보름쯤 자세히 보아도 순이 나오지 않습니다
새로운 땅이 마음에 안 드는 건가 아까운데
죽은 셈 치고 내버려 두었습니다

어느 아침 눈을 뜹니다
너 살았구나
새로운 흙과 피멍 들게 싸웠느냐
따져보니 약 70일 만에 싹이 나온 것입니다
그 순간 마음은 막걸리를 부어주고 싶었고
아니 서양에서 온 나무라면 포도주를 사 올까
맥주 사 올까 말하다가
손님이 와서 그냥 말로만 그쳤습니다

가끔은 무화과 열매를 먹고 싶어
모종을 심었는데
이즈음
매우 고마워
아침마다 가서 인사를 합니다

덧거리 글 3
종이 귀신

귀신이라는 말은
네 가지 뜻이 있는 듯합니다
사전적인 의미는 아닙니다
제가 생각해보는 의미입니다

1―초자연적인 존재로 인간에게 두려움을 주는 혼령
2―상상 이상의 재주를 가진 사람에게 하는 말
3―도깨비처럼 사람하고 친하기도 하고
　　어떤 경우에는 무서운 존재이기도 한 것
4―조금 이상한 일이나 물건에 집착하도록 만들어
　　주위에서 놀리거나 재미있다고 여겨
　　귀신 붙었나 하고 표현하는 그런 존재

저는 종이 귀신과 함께 살고
상자나 투명한 그릇에 대한 귀신도 같이 지냅니다
오래된 물건을 정리하다 보면
40년 전의 어떤 종이가 나타납니다
사용도 안 하고 처음 샀던 그대로 있습니다
지금 사용하기도 그렇고
그냥 멀거니 보면서 종이 귀신을 생각하고
이 종이를 종이 귀신에게 주어
그림이나 그려보라고 말할까
하는 생각도 합니다

하청 또 하청

6,000억 공사로 다리를 세우는데―공사 낙찰을 받
은 대기업이 1,000억 정도 떼어둔다―높은 사람들
정치까들 그런저런 분들 몫―하청이 줄줄이 내려
간다―한 단계 내려갈 때마다 억억이 사라진다―
하청을 7단계 정도 내려오니 2천500억이다―마지
막 하청을 받은 조그마한 회사가 교각을 잇는 볼
트 너트를 정확한 위치에 단단히 조이지 못한다―
아침에 식은밥 끓여 죽 먹고―하늘을 빙빙 돌리는
허기가 마지막 스패너 작업을 적당 적당 기운 없
이―그래서 몇 해 지나면 다리가 무너진다―언젠
가 또다시 다리가 내려앉아 성수대교의 배턴을 받
을 것이다―큰 다리가 무너지는 날―모든 하청들
이 대기업을 업고 나타나―공사비를 얼마 받았는
지―먹지 못해 흐물흐물 일했다고 고백하는 날이
온다면―얼마나 슬플까―얼마나 부끄러울까―얼마
나 뻔뻔스러울까―얼마나 치사할까

겸손 123편 시

해마다 시집 한 권을 펴내는데
은인 한 분이 늘 인쇄비를 보내어
이 은혜를 어떻게 갚아야 하는지 난감합니다
저 같은 폐품에게
하느님의 손길이 되어주신 그분을 위하여
매일 묵주기도를 바칩니다

저의 시가 덜 익거나 조잡한 시 임을
저 스스로 잘 알고 있습니다
저의 시를 좋게 봐주시는 분은
시가 좋은 것이 아니라 그분의 시심이 깊기
때문입니다
진정 그러합니다

'겸손이 하심에게' 시집에 대하여
어느 분이 아주 솔직하게
'그게 그거인 시가 이 시집입니다'하고 말씀해
주실 때
참 부끄럽고 죄송한 마음을 깊이 가졌습니다

이 시집에 대하여 한 가지 위안으로 삼는 것은
겸손이라는 주제로 시를 100편 이상 지었다는
사실입니다
진짜루 부끄럽지만
이 말씀은 꼭 드리고 싶었습니다

문자로 나체 그리기

돈 억수로 많으면 별 일곱 개 호텔에
수백 명 시인을 초대하여
제가 점심을 거나하게 대접합니다

후식이 끝나면
커다란 홀 편안한 의자에 모시고
한가운데 무대 위 세 미녀를 나체로 세워
감상하면서
화가들이 모델을 보고 그림을 그리듯
시인들에게 시를 쓰게 하고
고료 일백만 원씩 드립니다

그리고
'눈알로 알몸을 만져보니'
라는 시집을 펴내고 싶습니다

* 학생 때 '저놈 촌식이 엉뚱한 놈이야'하는 말을 가끔 들었습니다

매월 7일은

매월 7일은
용서 청하는 날
용서하는 날
용서의 날로 정하기를 원합니다

베드로가 예수님께 다가와,
"주님, 제 형제가 저에게 죄를 지으면
몇 번이나 용서해 주어야 합니까?
일곱 번까지 해야 합니까?" 하고 물었다.
예수님께서 그에게 대답하셨다.
"내가 너에게 말한다. 일곱 번이 아니라
일흔일곱 번까지라도 용서해야 한다."
(마태오복음 18장 21~22절)

용서는 일흔일곱 번까지라도 해야 한다—
이 말씀의 내면에는 놀라운 진리가 있습니다
셈본으로 따지는 수가 아니고
끝없이 용서해주라는 의미
그리고 더 깊은 의미는
하느님은 용서의 하느님이시다
하느님의 용서는 끝이 없다
완전한 용서는 하느님이 베푸시는 용서라는
놀라운 의미라고 생각합니다

덧거리 글 8

주일미사에 대하여

어느 교구나 또는
우리나라 모든 본당의 성당에서
같은 시간에 미사를 드린다면 어떨까
이런 생각을 해보았습니다

그러니까
토요일 저녁 미사 오후 8시
주일 아침 미사 오전 8시
주일 저녁 미사 오후 8시
위의 미사 시간은 전국으로 같이 정합니다
그 외 미사 시간은
주임신부가 신자들과 의논한 다음
정하여 봉헌하면 어떨까
하고 공상을 하였습니다

두아총—마지막 은인

두아총은
대구 두산문화회관에서
만난 아가씨들과 총각들이란 말입니다
제가 마지막 시 이야기(강의)를 하는데
부족한 저를 기쁘게 받아드리신 분들입니다
3년 9개월 동안 저를 잘 봐주시어
감사 또 감사드립니다
두아총은 저에게는 가장 고마우신 은인들입니다
한 가지 후회스러운 것은
제가 귀가 조금 어두워
주고받는 대화를 많이 못하여 마음이 아픕니다

이 순간도 제 귀는 비행기 안에 있습니다
엔진 소리가 이명으로 계속되기 때문입니다
몸이 피곤하면 비행기가 이륙하고
몸이 가쁜 하다고 여길 때는 비행기가 대기하고 있습니다
일주일에 한 번 정도
망치 소리와 금속 소리가 심하게 들립니다
정비사들이 날개를 고치는 듯합니다
사흘에 한 번 정도 사이렌 소리가 나는데
그 소리는
하느님께 기도를 계속 올리라는 경고입니다

덧거리 글 10

졸시 '새들의 기도 1'

새들의 기도 1

새들은
십자가를 그리면서 날아간다
기도한다

십자성호를 긋지 않으면
떨어지기 때문에
기도를
잠시라도 멈추지 않는다

위 시는 '하얀 감실' 시집 61쪽에 있는 저의
졸시입니다
이 시를 발표한 다음 어느 분이
"흔해 빠진 새를 보고 이런 시를 쓰다니!"
하는 말을 듣고 저는 마음속으로 매우 기뻤습니다
그리고 결심하기를
제가 쓴 시이니까 이 순간부터 모든 새를 보면
빛살기도를 해야지 결심하였고 열심히 실천하고
있습니다

이 시는 백로를 보고 성호경 긋는 모습을
연상하였는데
집 주위에 사는 엄지손가락만 한 작은 새들이
잽싸게 날아가는 모습을 맞추어 기도하려니 숨이
가빠집니다
왜가리나 백로는 여유 있게 날갯짓을 하지만
3m나 4m를 1초도 안 되게 쪼르르 날아가니
이 작은 새를 보면 엉겁결에 "주님"하는 말만
나옵니다
하느님께서도
동물들의 동작에 단어를 붙이려면
헐떡거리지 않을까 상상해봅니다

하늘에게 땅에게 사람에게

초판 1쇄 발행일 • 2015년 8월 15일

지은이 • 박춘식
펴낸이 • 이재호
펴낸곳 • 리북
등   록 • 1995년 12월 21일 제406-1995-000144호
주   소 • 경기도 파주시 광인사길 68, 2층(문발동)
전   화 • 031-955-6435
팩   스 • 031-955-6437
홈페이지 • www.leebook.com

정   가 • 8,000원

ISBN 978-89-97496-31-0